AF246046

LES TOMBEAUX

DES INNOCENS ET DU LOUVRE

ET

HISTOIRE

DU CHIEN FIDÈLE;

AU PROFIT DES BLESSÉS, VEUVES ET ORPHELINS
DES TROIS JOURNÉES DE JUILLET.

PARIS,

Chez THIERRY, rue aux Fèves, n° 8;
Et chez PETIT, rue du Plâtre-Saint-Jacques, n° 7.

1831.

LES TOMBEAUX DES INNOCENS.

Quel est ce monument que la foule s'empresse de visiter? s'écrie un Parisien de retour dans ses foyers après une longue absence; c'est le tombeau de nos frères qui se sont rendus immortels dans les journées de juillet, lui dit-on de toutes parts. Des tombeaux à cette place! se dit-il avec étonnement; depuis le règne de l'exécrable Charles IX on n'avait enterré à cet endroit; lorsqu'un homme d'une belle stature et qui annonçait un soldat de la vieille armée, lui répondit : Oui, depuis le massacre de la Saint-Barthélemy, où ce roi sanguinaire, à sa croisée du Louvre, armé d'une arquebuse, tirait sur son peuple, mais son descendant, Charles X, après avoir brisé les droits de ses sujets, les fit égorger par ses vils satellites, pendant qu'il se livrait à tous les plaisirs que peut goûter une conscience pure. Les Français étaient frappés par leurs compatriotes : le fils était armé contre le père, et pour quelques pièces d'or il brisait les liens de la nature et frappait sans rougir l'auteur de ses jours. Pendant que le boulet renversait l'asile des paisibles habitans, et que Paris était en proie aux plus vives alarmes, Charles seul était calme en son château de St-Cloud, à l'abri de l'orage qui tonnait sur sa tête. Il pouvait arrêter l'effusion du sang; au contraire, il ordonna de sang-froid à ses suppôts de le faire ruisseler jusqu'à ce que les rebelles, disait-il, adoptent les lois que le despotisme avait dictées. Mais ses noirs projets ont échoué; ses gardes ont reconnu leur erreur, mais un peu trop tard; car, sans leur funeste aveuglement, nous n'aurions pas à regretter la perte des braves citoyens qui reposent sous cette terre, à l'ombre de ces noirs cyprès. Les soldats, indignés de leur conduite même, ont fui pour aller cacher leur honte et leurs têtes égarées, par un moment d'oubli, sous un ciel étranger et loin du beau ciel de la France. Les rues de notre capitale étaient jonchées de corps sanglans. Paris allait être en proie à la plus affreuse contagion_par l'exhalaison des cadavres qui gissaient sur les places publiques où leurs bourreaux les avaient frappés, lorsqu'un brave citoyen (1), après avoir combattu pendant trois jours pour défendre nos droits et conquérir la liberté, recommandable par son zèle patriotique et digne de tous les éloges, eut l'heureuse idée de faire enterrer les héros qui étaient morts en combattant pour la liberté, à la place où l'on voit encore aujourd'hui des croix, des drapeaux, etc.; il montra tout le zèle possible pour rendre les derniers devoirs aux braves morts pour la patrie. C'est à lui que bien des familles doivent et la reconnaissance et la sépulture de leurs parens. Pour soulager les blessés, les veuves et les orphelins de nos défenseurs, il plaça des troncs en leur faveur qui, dans les premiers temps, ont produit des sommes très fortes; car chacun, en versant des pleurs sur le tombeau, venait déposer son offrande. Il éleva aussi le tombeau du Louvre; et quelques jours après, dans plusieurs autres endroits de notre capitale, on s'empressa de suivre son exemple. Chaque matin, sur ces tristes lieux, on voit les scènes les plus touchantes de l'amour maternel et filial : c'est un vieillard aux cheveux blancs qui vient répandre des larmes sur le sol où repose un enfant, son seul appui; une épouse éplorée vient réclamer un époux avec lequel elle a passé quelques années de bonheur; une amante éperdue prie avec ferveur pour celui ui possédait son cœur; une sœur appelle à grands cris son frère bien aimé; une mère agenouillée arrose la terre de ses pleurs, elle se lamente et se désespère de la perte irréparable qu'elle a faite de son fils chéri; un frère pleure son frère, un fils son père; enfin il n'est pas de Français qui n'ait un parent à pleurer. Ames sensibles, allez aux tombeaux des Innocens (ce nom convient bien à cette situation), vous éprouverez les émotions les plus vives en entendant le récit des malheurs dés infortunés qui sont accablés de la perte qu'ils ont faite, et jurent en présence de l'Eternel de venger leur mort. Ils sont ensevelis pour jamais dans la nuit éternelle, mais ils vivront toujours à la postérité!

(1) M. Duplessis, pharmacien, rue de la Lingerie, n. 15.

Vers, inscriptions, épitaphes, des couronnes, drapeaux, croix, tableaux, des tombeaux.

Aux braves morts pour la liberté.

A la gloire des citoyens morts pour la liberté de la patrie, 29 juillet 1830.

Parmi ces braves citoyens repose le corps de J.-B. Brizevin, mort pour la patrie, la liberté et la gloire, le 29 juillet 1830, à l'âge de 33 ans. Il emporte dans la tombe les regrets de son épouse, de ses enfans, de ses père et mère, frères et sœurs, de tous ses parens et amis. Versez une larme à sa mémoire.　　　　D. P. F.

Ici repose P. A. C. Cholet, âgé de 45 ans, victime du 28 juillet 1830. Il fut bon époux et bon père ; il emporte dans la tombe les regrets de son épouse, de ses enfans, de ses parens et amis qui sont inconsolables de sa perte.

A la mémoire de Félix Hapel, né à Bonnétable (Sarthe), âgé de 26 ans.

Amis, qui que tu sois, arrête ici tes pas ;
Là, tu foules aux pieds les cendres de mon frère.
Ta liberté causa son glorieux trépas,
A sa mémoire au moins accorde une prière.
Malgré deux blessures il combattit encore, lorsqu'il succomba le 29 juillet 1830.

Aux mânes d'un brave mort pour la liberté. Pierre Bourelier, âgé de 29 ans, mort le 28 juillet 1830.

O roi indigne ! tu as fait tuer nos amis ;
Mais Pierre dans nos cœurs sera toujours inscrit.
Par un ami de la liberté, vive la liberté !

Ici repose le corps de Adélaïde Frisé, âgée de 52 ans, épouse de M. Marsy, victime du 27 juillet 1830, à 7 heures 1/4 du soir, par suite du changement de gouvernement. Elle fut atteinte de deux balles à la tête ; elle tomba dans les bras de son mari, dans l'intérieur de sa maison. Les croisées et un côté du volet, tout fut traversé par les coups. Cette mort si cruelle lui fut envoyée par le 3me régiment d l'ex-garde, quand il battait la générale. Elle est vivement regrettée de son époux inconsolable, et de tous ses nombreux amis. Passans, priez Dieu pour le repos de son ame.

Louis-Marie Rossignol, rue Albouy.

A la mémoire de P. J. Cazot, mort pour la patrie le 28 juillet 1830, âgé de 21 ans.

Ici repose François Fourcaud, âgé de 34 ans, compositeur d'imprimerie, l'une des victimes du 28 juillet 1830.

La liberté lui dit : Fais jaillir les lumières ;
Pour leur triomphe il expira.
Passans, couvre ce lieu de lauriers funéraires,
La liberté les fleurira.

Vive la Charte ! Duchemain, 28 juillet 1830.

Les jeunes gens de Grenoble, aux braves morts pour la liberté.

Ici repose le corps de Charles Jambare, mort pour la défense de la liberté, le 28 juillet 1830.

Ici repose Adolphe-Laurent Janin, mort pour la patrie et la liberté, 28 juillet 1830, âgé de 23 ans.

27, 28, 29 juillet 1830. Les Orléanais aux braves morts pour la liberté. Tableau donné par M. Thierry, marchand de petits livres sur la tombe, qui par ce moyen versa beaucoup d'argent pour les victimes des trois jours.

Ici repose le corps de L. D. V. Gavau; mort pour la liberté le 27 juillet 1830.

Ici repose Rémy Deivaux, âgé de 38 ans, mort pour la liberté le 29 juillet 1830.

Du Français tel est le destin :
Pour son dieu, ses droits, sa patrie,
De la gloire il suit le chemin ;
Entre eux il partage sa vie.
Ici du sommeil des héros
Dorment des enfans de la France,
Et vous leurs rivaux de vaillance,
Jettez des fleurs sur leurs tombeaux.

A la honte des fers, la mort est préférable !
Ils reposent ici ces héros de la France,
Illustres conquérans de notre liberté ;
Nous leur devons, Français, honneur, reconnaissance,
Leurs noms seront transmis à la postérité.
A leur victoire, hélas ! ils n'ont point survécu ;
Ils ont fait des heureux, ils ne les ont point vus.
Par de tendres regrets honorons leur mémoire,
Et couvrons leurs tombeaux des palmes de la gloire.

Ici repose Jóseph Brosseléte, âgé de 33 ans, mort pour la liberté le 29 juillet 1830. Il emporte dans la tombe les regrets de son épouse, de son fils, de tous ses parens et amis, inconsolables de sa perte.

Ici repose Charles-Adolphe Malabre, décédé le 29 juillet 1830, à l'âge de 20 ans et 2 mois. Il laisse son père et sa mère, son frère et sa sœur, inconsolables de sa perte. Mort pour la liberté, rue de Richelieu, aux Français, chez M. Chevrey, n. 7. Priez Dieu pour lui.

Ici repose Miel, capitaine, mort le 28 juillet 1830, rue de la Poterie. Il nous aima cent fois plus que lui-même ! sa patrie seule peut l'emporter sur nous. Bien cher ami, pour te pas t'enlever à l'honorable sépulture que te destinent tes concitoyens, je renonce à l'espoir de reposer près de toi ; mais j'irai te rejoindre ; attends-moi (s'il se peut), et veille sur notre fille.

Ici repose J. B. Lamel, âgé de 12 ans et demi, mort victime le 29 juillet 1830, regretté de ses parens et de ses camarades.

Ici repose Fauve (Victor), sergent de la garde natio-nale, mort pour la cause de la liberté. Son père et sa sœur se joignent à la reconnaissance nationale. Repose en paix, mon frère, ta fille devient la mienne.

Les gardes nationaux de Tours à la conduite des ex-ministres, Chantelauze, Peyronnet et Guernon-Ranville. Vive la brave garde nationale parisienne !

La société des vermicelliers à leur confrère Durand, mort pour la liberté, 28 juillet 1830.

La garde nationale de Toursy, aux braves morts pour la liberté.

Théodore Cave, l'une des victimes du 28 juillet 1830.

A la mémoire de Jean Couve et Picot, et d'autres camarades morts pour la liberté.
Les porteurs des halles, vive Philippe Ier.

Ici repose J.-F. Couve, porteur aux halles et mar-chés, mort pour la liberté le 28 juillet 1830, à l'âge de 32 ans, regretté de son épouse, de sa mère et de ses frères et de tous ses amis. D. P. F.

Louis Rabut, âgé de 25 ans et demi, mort pour la liberté le 28 juillet 1830.

La tombe renferme 58 bourgeois, et à côté, celle de ceux qui ont tiré sur le peuple, 64.

LES TOMBEAUX DU LOUVRE.

HISTOIRE DU CHIEN FIDÈLE.

Ce chien fut plus de quinze jours au Louvre sans qu'on s'en aperçût, et c'est la dame Troïédul, rue des Poulies, n° 7, à qui nous devons la conservation de Médor. Ce chien n'a jamais quitté la tombe de son maître. On le voit, quand quelqu'un lui offre, soit biscuit ou gâteau, le porter sur la tombe de son maître, croyant toujours le voir paraître, et le couvrir d'un morceau de linge. MM. les gardes nationaux de la 6ᵉ légion lui ont fait construire une cabanne, sur laquelle on lit le quatrain suivant :

> Depuis le jour qu'il a perdu son maître,
> Pour lui la vie est un pesant fardeau ;
> Par son instinct il croit le voir paraître,
> Ah ! pauvre ami, ce n'est plus qu'un tombeau.

AUX MANES

DES CITOYENS MORTS POUR LA LIBERTÉ.

Près du palais des rois, quel est ce mausolée
Où je vois une mère, une sœur désolée,
S'arrêter en pleurant et déposer des fleurs ?
Ce palais me le dit : là, dorment nos vengeurs,
Là dorment ces héros, dont la précoce gloire
A conquis en trois jours vingt siècles de mémoire.
Salut ! mânes sacrés de nos Léonidas,
Que de fruits a portés votre fécond trépas !
Nos tyrans abattus ; leurs conseillers perfides
Tout à l'heure expiant leurs complots parricides ;
Nos droits ressuscités sous un roi citoyen
Qui, le premier de tous, en jura le maintien.
Les proscrits rappelés au sein de la patrie,
Et la France partout respectée et chérie
Pour avoir défendu les droits du genre humain ;
Tous les peuples unis et se donnant la main,
Oui, voilà votre ouvrage, héroïques victimes !
Quelle plus digne prix de vos morts magnanimes
Combien vous est-il doux, au fond de ce cercueil
D'entendre retentir avec l'hymne du deuil

Un concert d'allégresse et de reconnaissance !
De sentir que vos noms sont l'orgueil de la France !
Des pleurs de vos parens vous êtes attendris !
Mais vos parens sont fiers de pleurer de tels fils ;
Et vos soins pieux manquant à leur veilliesse,
Si rien ne peut d'un fils remplacer la tendresse,
Tous les Français du moins soutiendront sur leurs bras
Les pères des héros tombés dans ces combats ;
Aideront leur courage à supporter la vie,
Et rendront leurs regrets presque dignes d'envie.
Quels pères en effet ne seraient point jaloux
De se voir honorés, bénis, fêtés en vous !
Tous les ans, au retour de ces grandes journées,
Que de cyprès si beaux la gloire a couronnées,
Nous viendrons sur la tombe où sont inscrits vos noms
Déposer en tribut notre hommage et nos dons.
Là, nous célébrerons la France délivrée ;
Et prenant à témoin votre cendre sacrée,
Nous ferons tous en chœur ce serment solennel :
Jurons sur ces tombeaux, comme on jure à l'autel,
De maintenir les droits conquis par leur courage,
Et si ces droits jamais reçoivent quelque outrage,
Jurons de les défendre, ainsi que ces héros,
Et de mourir vainqueurs au pied de nos drapeaux !

SUR LA COLONNE.

27, 28, 29 juillet. Aux fils de la patrie.

Dormez, nobles martyrs d'une éternelle gloire,
Contemplez le soleil de l'immortalité,
Sur vos lambeaux sanglans l'orgueilleuse victoire
Agite dans ses mains l'astre de la liberté.

A LA MÉMOIRE DE JEAN-FRANÇOIS BEAUDOIN.

Jean-François Beaudoin, né à Metz (Moselle), le
15 octobre 1774, marié à Françoise Rival, le 2 floréal
an 5, demeurant ensemble à Paris, rue Saint-Victor,
n° 149; d'un dévouement patriotique pour le soutien des
droits de la nation, ne consultant que son courage et sa
haine contre le despotisme. Muni seulement d'une arme
blanche, Beaudoin fut à l'attaque de la caserne des Cé-
lestins, d'où il fut vigoureusement repoussé, ainsi que

les autres assaillans. Ayant reconnu l'insuffisance de son arme, Beaudoin chercha à s'en procurer une plus offensive, vint au désarmement du poste du Petit-Pont de l'Hôtel-Dieu, où il saisit un fusil et se porta à l'instant à l'Hôtel-de-Ville, où il combattit avec l'acharnement du désespoir, à côté de plusieurs citoyens dont les signatures sont apposées à la suite du présent mémoire. Beaudoin fut assez heureux pour être du nombre de ceux qui firent flotter la première fois les couleurs nationales sur l'Hôtel-de-Ville ; mais bientôt forcé de céder la place aux troupes royales qui s'en emparèrent de nouveau, Beaudoin, comme tous les bons Français qui l'accompagnèrent, se retire à regret, et vient s'embusquer au coin du quai Pelletier, où il montra la même ardeur à combattre, lorsque le malheureux succomba, atteint de deux balles, une dans la poitrine et l'autre dans la tête, emportant sans doute avec lui une couronne qui éternise la gloire du nom français dans les trois mémorables journées.

La voix de la patrie en pleurs
Vainement à ton cœur ne s'est point fait attendre.
On fut touché de ses malheurs,
On menaçait nos droits, tu courus les défendre.

De tes concitoyens l'unanime suffrage
Lègue ta gloire à l'avenir,
Et ton nom immortel vénéré d'âge en âge
Éternise ton souvenir.

Nos mains ont façonné ta couronne civique,
La palme du martyre ombrage ton cercueil,
Et les cœurs que révolte un pouvoir despotique
Accomplissent ton deuil.
Beaudoin, la liberté s'incline sur ta tombe,
Les pleurs mouillent ses yeux,
Sur le corps des héros quand le marbre retombe,
Leur ame est dans les cieux.

Fière de ta vaillance, et encore ta veuve,
Une épouse reste après toi
Et se résigne aux coups d'une si rude épreuve,
En songeant que tu meurs pour affermir la loi.

Sur ton cercueil assise, une fille chérie
    Entretient sa douleur,
Et sa main, chaque jour, au nom de la patrie,
    Y dépose une fleur.

Héros, repose en paix ! Pour appaiser ton ombre,
    Un fils la vengera ;
Ou, s'il est à son tour, accablé par le nombre,
    A ton exemple, il périra.

A la mémoire de Frédéric, âgé de 38 ans, martyr pour la patrie, le 29 juillet 1830, regretté de son épouse et de ses amis.

A la mémoire du brave et digne ami Auguste Compère, dit Maréchal, mort dans la journée mémorable du 29 juillet 1830.

A tous les cœurs bien nés que la patrie est chère ! Aux braves ! hommage au nom de Mlle Eulalie Bouquetier. Par le *Tocsin national.*

Baudoin, âgé de 57 ans, mort pour la liberté sur la place de l'Hôtel-de-Ville, le 28 juillet 1830. Il emporte les regrets de tous ses amis, et laisse une veuve et des enfans inconsolables. *Priez Dieu !*

Indépendans..., pleurons sur la cendre des braves :
Ces immortels martyrs ont brisé nos entraves.
Astres, ciel, élémens, éther, mondes, nature,
Français..... ils ont vaincu l'idole et l'imposture ! ! !
Ils sont morts ! ils sont là, nos régénérateurs.

A LA MÉMOIRE DES FRANÇAIS MORTS POUR LA LIBERTÉ.

Quand un roi veut le crime, il est trop obéi (VOLTAIRE).

C'est ici le repos des fils de la vaillance ;
Leur sang s'est épuisé pour délivrer la France ;
Ils ont tous pris un rang à la postérité.
Français, incline-toi à cette triste épreuve.
Donne une larme au preux, une obole à la veuve.
              (PAR UN OUVRIER.)

Ci-gît Jean-Jacques Léonard, âgé de 26 ans, tué le 29 juillet 1830 sur la place du Louvre, en combattant pour le triomphe de la liberté.

Ici repose le corps de Amand-Aimé-Joseph Ancelin, mort dans les mémorables journées de juillet 1830, âgé de 32 ans. Il périt en combattant pour la liberté; il emporte avec lui les regrets de son épouse inconsolable, et de tous ses parens et amis. *Requiescat in pace.*

Gravelle, âgé de 38 ans, mort le 29 juillet en combattant pour la liberté.

Ici repose Claude Rousselot, âgé de 56 ans, chevalier de la Légion-d'Honneur, après 24 ans de service, victime de la révolution des 27, 28 et 29 juillet.

Ici repose Louis-Adolphe Lhory, âgé de 18 ans, mort pour la liberté, à la glorieuse journée du 29 juillet 1830, regretté de ses père, mère, parens et amis. *De profundis.*

Ici repose Marie-François Rocton, décédé le 28 juillet 1830, en défendant sa patrie, regretté de son épouse, de ses enfans, de toute sa famille et de tous ses amis.

Ici repose Joseph-Félix Pottin, mort pour la liberté de son pays le 29 juillet 1830.

Gloire immortelle à vous qui dormez sous ces fleurs,
Sublimes citoyens de Lutèce opprimée!
En vain contre nos droits opposant une armée,
La tyrannie osait braver nos cris vengeurs;
Celui de liberté, repoussant nos alarmes,
De nos cœurs généreux soudain est entendu,
L'éclair brille en vos rangs: la France prend les armes,
Quand vos foudres avaient vaincu.

IMPRIMERIE DE BELLEMAIN, RUE SAINT-DENIS, N. 268.